MANÈGES DANS LE DÉSERT

Pour Justine et Erwan.

© Éditions Nathan/HER (Paris, France), 2001
© Éditions Nathan (Paris, France), 2006 pour la présente édition
Conforme à la loi n° 49956 du 16 juillet 1949
sur les publications destinées à la jeunesse
ISBN 978-2-09-250889-3

MANÈGES
DANS LE DÉSERT

Yves Pinguilly

Illustrations de Hervé Duphot

Nathan

Chapitre 1

Les manèges

Les manèges déménagent plus souvent qu'à leur tour. Ils savaient cela, Fred et Emma. Avenue Louise-Michel, ils chantaient, en mettant un pied devant l'autre :

> *Les manèges déménagent*
> *Manèges, ménageries,*
> *Où… et pour quels voyages ?*
> *Les manèges déménagent,*

Ah ! vers quels mirages ?
Dites pour quels voyages
Les manèges déménagent.

Lucette Fauvrelle, la maîtresse de CM2, aurait été bien surprise d'entendre le duo d'enfer de sa classe chanter cette poésie choisie, sur un air emprunté à Jimi Hendrix !

La place de la République n'était plus très loin, et Fred et Emma apercevaient la grande roue qui tournait en prenant son temps.

C'était les vacances de Pâques, pour quelques jours encore.

La musique s'évadait de la fête. De la méga techno, capable de traumatiser les plus chétifs, ceux qui ne demandent jamais de rab à la cantine.

– On commence par quoi ?

– Par compter nos dollars.

Ils sortirent leur monnaie.

– Ça fait combien en tout ?

– Pas grand-chose, il va falloir jouer serré.

Ils décidèrent d'aller essayer les autos

tamponneuses. C'était interdit aux moins de douze ans non accompagnés d'un adulte.

– Mais… on a vingt ans à tous les deux.

– Oui, Emma, seulement ça ne compte pas.

Ils n'étaient pas au bout de leurs peines. De nombreux manèges qui virevoltaient dans les airs à la vitesse du son étaient interdits aux moins de douze ans, ou même aux moins de seize ans.

– C'est nul, cette fête, Fred ! On peut faire quoi ?

– On peut voir du côté des chenilles, des montagnes russes, et des machines à sous.

– C'est pas des vraies, pas comme dans les casinos d'Amérique.

– T'as raison, mais on peut gagner quand même.

Ils s'approchèrent du stand des machines à sous. Quel spectacle ! Les machines étaient maquillées jusqu'au bout des ongles. Elles clignotaient des yeux, de la bouche et des oreilles. Ils achetèrent une poignée de jetons bleus et commencèrent à jouer. On pouvait gagner un scooter rouge, un vrai scooter de pompier ! Mais pour cela, il fallait que la machine fasse tomber un faux louis d'or. Fred sortit ses lunettes de soleil de sa poche, se les posa sur le nez et tenta sa chance le premier. Zéro. Il vit ses jetons disparaître corps et biens.

– C'est pas croyable, Emma, elle me tue cette machine !

– Attends, je vais te venger.

Comme une joueuse professionnelle, Emma s'approcha et donna quelques-uns de ses jetons à manger à la machine. Elle tira le manche avec sa main droite, de haut en bas, avec l'élégance d'une patineuse qui virevolte sur son plancher à la vanille. Rien. Perdu.

Elle se concentra, et recommença. Cette fois, la machine fit entendre un drôle de gargouillement.

– Elle a mal à l'estomac et…

Fred n'eut pas le temps d'achever sa phrase. La machine vomit douze petites pièces blanches en plastique.

– J'ai gagné !

– Et qu'est-ce que tu as gagné ?

Ils allèrent lire les grands miroirs imprimés et découvrirent qu'avec douze pièces blanches on avait gagné un nounours ou une tour Eiffel-thermomètre, ou un paquet géant de nougats de Montélimar.

– Tu choisis quoi ?

– Un ours, un nounours blanc.

– À ton âge !

– Justement, j'ai l'âge.

C'est avec leur ours qu'ils cherchèrent un manège pas trop cher, un manège sympa, pour tous les âges. Le choix était mince. Ils zigzaguèrent dans la foule vers les balançoires à deux places mais, avant d'y arriver, ils virent un temple de verre qui leur tendait les bras. Devant ce temple, illuminée de l'intérieur et de l'extérieur, on voyait une photo géante de notre galaxie avec le système solaire… et dans le système solaire, la Terre, ronde et archironde. Sous la Terre, une mappemonde lumineuse montrait tous les continents.

Les continents, Emma et Fred connaissaient. Leur maîtresse, Lucette Fauvrelle, les leur avait appris, en racontant ses vacances. Ils avaient la chance d'avoir une maîtresse complètement aventurière, qui voyageait à Noël, à Pâques, au quatorze juillet et au quinze août. Alors, ils savaient aussi bien l'Amérique que l'Europe, l'Asie que l'Océanie et même un peu l'Afrique.

Ils écoutèrent le bonimenteur qui invitait le public à entrer dans le labyrinthe et à en ressortir, vivant si possible.

– Mesdames et messieurs, si vous avez assez de courage pour risquer votre vie aujourd'hui, entrez dans notre labyrinthe ! Ou vous en ressortirez vivants ici même, dans quelques minutes, par cette porte ouverte (il désigna une ouverture bien visible de tous) ou vous vivrez à tout jamais à l'intérieur du palais des glaces, de l'autre côté de ses miroirs, avec ceux et celles que vous aurez découverts. Peut-être serez-vous alors prisonnier dans les bras de la reine de Saba, ou, à cheval, coureur de grands espaces avec le chef indien Nuage

Rouge, ou encore navigateur à bord du *Vaisseau fantôme*…

Plusieurs personnes se risquaient entre les parois de verre. On pouvait les observer de l'extérieur, perdues dans le labyrinthe et faisant bien des allers et retours avant de trouver enfin la sortie.

— On y va ?

— T'as ta boussole, Fred ?

— Non, j'ai seulement mon couteau suisse.

— Je veux bien te suivre, mais tu ne me lâches pas la main.

— D'accord.

Ils donnèrent le reste de leur fortune en échange d'un billet, pour deux personnes, portant le numéro 1927, et ils entrèrent…

Chapitre 2

Le labyrinthe
de verre

Fred respira un bon coup l'air de la ville et entra dans le labyrinthe. Emma le suivit. Tout de suite, instinctivement, ils se donnèrent encore la main.

– On fait comment ? On tourne toujours à droite, ou une fois d'un côté et une fois de l'autre ?

– On essaie d'aller jusqu'au centre.

– Pourquoi ça ?

– Le centre, c'est le cœur, c'est le mille.

Ils avaient toujours aimé parler comme cela, sans réfléchir. Ça les amusait. Fred tourna à droite et bing ! alors qu'il voulait continuer droit devant lui, il se cogna la tête. Il venait de se heurter à de l'invisible, ou presque. Les vitres du labyrinthe étaient tellement transparentes qu'il fallait vraiment faire un gros effort pour les distinguer. Emma lui serra la main un peu plus fort et lui lança :

– Courage ! Christophe Colomb a beaucoup plus souffert pour découvrir l'Amérique !

Fred repartit. Méthodiquement, il essayait de s'approcher du centre, en tournant systématiquement à droite, chaque fois qu'il le pouvait. Après un quart d'heure de randonnée dans le labyrinthe, ils s'aperçurent qu'au-delà des parois de verre, il n'y avait plus personne. Ils étaient les seuls sans doute à avoir voulu aller vers le centre, le cœur, le milieu, le mille…

– Fred, on dirait qu'on est au bout du monde.

– Il n'y a pas de bout, Emma, la Terre est ronde !

Ils continuèrent leur périple en parlant. Les vitres, qui semblaient toujours invisibles, n'en étaient pas moins lumineuses. Et ce palais des glaces leur rappelait des images de cinéma, le Grand Nord, quand les rivières sont prisonnières des glaces.

– Emma, je crois que ça y est.

– Quoi ?

– On arrive, en plein dans le mille. Si je ne me cogne pas la tête en faisant un nouveau pas, c'est gagné.

– Sois prudent...

Pour la première fois depuis le début de leur excursion, il lâcha la main d'Emma et, un peu comme un somnambule, il avança, mains en avant. Rien. Aucune paroi de verre pour le bloquer.

– Ouf ! c'est gagné. On est des champions, on aura la médaille d'or.

Emma, serrant son ours dans ses bras, s'approcha de Fred, toute souriante.

– Regarde.

Fred indiquait à ses pieds un dessin très coloré sur lequel il avait évité de marcher.

– C'est les points cardinaux, avec quatre bébés joufflus qui soufflent de quatre côtés.

– Bien. On sort de là maintenant ? On trouve la sortie ?

– On y va. Je te suis ou tu me suis ?

– Je te suis, tu as la technique.

Il prit la main d'Emma. Il la serra fort, pour lui faire comprendre qu'elle pouvait avoir confiance, qu'il allait tout de suite trouver la sortie. Mais au premier pas qu'il fit, il fut happé ! Une force invisible le tira par la semelle de ses baskets, pour l'attirer vers le centre de la Terre. Emma, qui tenait toujours bon la main de Fred, fut entraînée elle aussi. Elle se mit à crier :

– Mais que se passe-t-il ? Où descendons-nous ?

– C'est sans doute une surprise réservée à ceux qui réussissent à atteindre le cœur du labyrinthe.

Ils continuaient à glisser, assez vite. Ils avaient l'impression d'être sur un toboggan sans fin, qui tournait comme une vis. Ça durait.

La descente hélicoïdale s'accéléra.

Ils fermèrent les yeux pour crier leur peur. Cinq secondes ou dix secondes ou trente secondes se passèrent ainsi, en pleine glissade. Ils allaient trop vite. Ils sentaient que leur sang n'arrivait plus à naviguer comme il faut dans leurs veines et leurs artères. Dans leur crâne, leur cerveau devenait aussi élastique qu'un chewing-gum.

Juste avant la rupture, le point de non-retour, la mort même : splach ! Arrêt brutal ! Ils se retrouvèrent enchevêtrés, les bras de l'un passant par le milieu des jambes de l'autre… « Ouille, ouil-lallaïe ! Aïe ! »

Quand ils cessèrent de se plaindre, ils ouvrirent les yeux. Ils se trouvaient dans un espace circulaire, bleu clair, absolument vide.

– Ne pleure plus, mon petit minounours, je ne t'ai pas perdu.

– Tu pourrais me demander des nouvelles de ma santé au lieu de câliner ton ours !

– Tu as raison. Fred, est-ce que tu as un os de cassé ?

– J'ai rien de cassé, mais j'aimerais bien savoir dans quel trente-sixième sous-sol de quel gratte-ciel on se trouve.

– Écoute.

Ils écoutèrent. Un bruit approchait. Un bruit qui ressemblait à un roulement de roues de carrosse, mélangé à des pas de soldats. Emma frissonna. Fred était blanc comme un linge. Ils essayèrent de regarder le bruit, mais il fallut une bonne minute avant qu'il ne se montre. Incroyable ! Il s'agissait de quatre grandes lettres de l'alphabet, des majuscules, qui poussaient un bonhomme installé sur des toutes petites roues. Un bonhomme habillé en noir, de la tête aux pieds. Quand le bonhomme fut juste devant eux, les lettres partirent chacune dans leur coin. Il y avait un N, un E, un S, un O. Le bonhomme ne s'étonna pas de cela, pas plus qu'il ne s'étonna de la présence de Fred et Emma. Il dit, en parlant un peu du nez, comme quelqu'un qui est enrhumé :

– C'est donc vous… vous deux.

– Nous ?

– Oui, vous. C'est vous qui êtes arrivés juste au centre, là où le fini et l'infini n'existent même plus, là où l'eau et le feu pactisent, là où le sel de la mer devient aussi sucré que le lait d'une jeune maman…

Il continua :

– Vous avez gardé votre billet, j'espère ?

– Mais qui êtes-vous ?

Il ne fit pas attention à la question d'Emma. Alors, elle regarda Fred. C'est lui qui avait acheté leur billet. Il fouilla dans la poche de son demi-jean, un vieux jean effiloché, dont il avait coupé les jambes à hauteur des genoux. Il le trouva.

– Donnez-moi cela, cher ami.

Fred tendit son billet au bonhomme qui le lut et s'exclama :

– 1927, mais c'est très bien ça… très très bien… C'est beaucoup mieux que 1914 ou 1915 ou 1916… Vous avez de la chance !

Fred et Emma ne comprenaient rien. Ils n'osaient pas interrompre le bonhomme qui était aussi noir qu'un bourreau, même s'il avait les yeux bleus.

– Comment vous appelez-vous ?

– Fred.

– Emma.

– Fred et Emma, c'est joli ça, c'est moderne. Eh bien, Fred et Emma, je dois vous le dire, en réussissant à aller au cœur du centre, vous avez gagné et c'est pourquoi vous êtes tombés ici.

– Mais on a gagné quoi ?

– Vous allez le savoir tout de suite. À vous de choisir une lettre, une des lettres qui sont là. Vous savez ce qu'elles veulent dire ?

Ils regardèrent les lettres, en faisant la moue. C'est vrai qu'un N, ça peut vouloir dire beaucoup de choses, tout comme un E, un S, un O. Le bonhomme éclaira leur lanterne.

– Ces quatre lettres, ce sont les points cardinaux. À vous de choisir la lettre qui vous convient le mieux et vous partirez en voyage…

– En voyage ?

– Oui, vers le nord, l'est, le sud ou l'ouest.

Choisissez. Allez, filez derrière l'une ou l'autre, allez, disparaissez !

– Mais qui êtes-vous, à la fin ?

– Je suis un inventeur, l'inventeur des points cardinaux…

Il eut un petit rire satisfait et il ordonna de nouveau :

– Allez, filez derrière l'une ou l'autre des lettres, disparaissez !

Le ton de la voix du bonhomme ne leur laissait pas le choix. Ils se levèrent, se prirent de nouveau la main et tandis qu'Emma serrait son ours contre elle, ils se dirigèrent vers le S. Ils entendirent alors un grand éclat de rire. C'était le bonhomme qui s'esclaffait en disant :

– Le sud ! Ça alors, le sud… bon voyage… bon voyage !

Chapitre 3

La tempête de sable

La lune était là, mais voilée. Elle portait peut-être le deuil de ses filles, tombées dans les trous noirs du ciel. Elle était ronde et pleine, mais elle ne ressemblait pas plus à un œuf de poule qu'à un œuf de pintade ou un œuf de tortue que l'on fait cuire sur une pierre brûlante du désert. C'était une pleine lune presque noire. Peut-être est-ce elle qui avait appelé les sept vents du ciel, pour qu'ils se battent là, comme des fous voulant attraper tout autant des nuages que des scorpions pour les sacrifier.

La violence était si explosive entre ciel et terre que le sable délirait. C'était comme si chacun de ses grains devenait mille grains déments, pour percer, pour tuer même. Les dunes ne faisaient plus le dos rond. Elles s'élevaient et volaient ne craignant aucun vertige. Dans l'espace, elles se mettaient la tête à l'envers, et à l'endroit, et à l'envers.

Le monde avait la fièvre.

Fred et Emma étaient là, serrés l'un contre l'autre. Ils essayaient de ne pas être brûlés par les grains de sable qui avaient été chauffés à blanc par le grand maître du feu qui est le roi du ciel. Ils se serraient l'un contre l'autre, yeux fermés. Ils ne pouvaient rien se dire. Le sable, qui les attaquait, coulait dans leur pull et se glissait partout contre leur corps. Ils le sentaient sur leur poitrine, sur leur ventre, sur leurs cuisses. C'était comme une peau de serpent qui allait et venait, mais une peau chaude, trop chaude. S'ils avaient osé ouvrir la bouche, le sable serait entré à l'intérieur d'eux-mêmes, comme une nourriture empoisonnée ou comme une lave de volcan qui brûle pour faire mourir.

Les vents les avaient facilement repérés et les avaient attaqués. Heureusement, Fred et Emma s'étaient calés contre le tronc d'un petit arbre. Ils ne le savaient pas, mais c'était un jujubier[1] qui grandissait là, à la limite du septième ciel. Malgré la tempête, au-dessus de leurs têtes, ce jujubier gardait dans son feuillage ses bourgeons, ses fleurs et ses fruits. C'était comme si son feuillage était intouchable ! C'était certainement lui qui, à cet instant même, empêchait les vents et les sables de tuer à tout jamais les deux amis.

Alors que jamais dans la vie rien ne vient sans s'annoncer, les vents interrompirent leur bataille sans prévenir ! Était-ce pour reprendre leur souffle ? Était-ce pour avaler des queues de

---

1. Arbre donnant des fruits très appréciés. En terre d'islam, on dit que c'est un arbre paradisiaque.

crocodiles ? Était-ce pour se désaltérer avec du sang de poule-mâle[1] ?

La lune éclaira un peu le paysage.

– Fred, je crois que c'est fini.

Emma venait d'oser ouvrir ses yeux, mais elle ne se risqua pas à bouger. Fred regarda autour de lui à son tour et demanda :

– C'est quoi ce décor ?

Emma, qui était aussi perdue que lui, ne répondit pas. Ils avaient les pieds dans le sable. Un peu plus loin devant eux, ils distinguèrent des arbres et quelques lumières qui tremblotaient dans la nuit. C'était des lampes à huile. Plus loin encore, ils aperçurent des dromadaires qui avaient les pattes entravées.

– Mais où sommes-nous donc ? demanda Emma à son ours qui ne l'avait pas quittée.

Il ne répondit rien, mais sa présence était un réconfort pour Emma, comme si ce petit ours-là avait en lui assez de force pour la protéger.

_____

1. C'est un coq !

– C'est un coup du vieux…

– Quoi ?

– Le bonhomme roulant, l'inventeur, celui qui nous a souhaité bon voyage. C'est à cause de lui, affirma Fred.

Ils ne s'en dirent pas plus. Les vents revenaient. Par secousses successives, ils s'installaient de nouveau entre le ciel et la terre.

Sans doute allaient-ils recommencer à se battre.

– Vite, allons là-bas nous mettre à l'abri !

Fred avait désigné une grande tente dressée un peu à l'écart des palmiers. À quatre pattes ils se risquèrent dans le sable. Mais c'était déjà trop tard. L'espace était détraqué. Le sable valsait et le monde qui avait la tête à l'envers commençait à s'ensevelir lui-même.

Après mille efforts, épuisés, ils se retrouvèrent tout contre les peaux de chèvre et d'antilope de la tente. Ils réussirent à glisser leur tête à l'intérieur de l'abri. Ils eurent un instant d'hésitation, puis ils regardèrent tout ce que leurs yeux pouvaient voir. Le spectacle qu'ils découvrirent était tellement incroyable pour eux qu'ils se crurent au cinéma. Tout d'abord, il y avait des lampes à huile disposées par trois. Certaines étaient posées à même les nattes qui couvraient le sol, d'autres, accrochées aux arceaux qui retenaient les peaux, se balançaient un peu. Tout au fond, un feu chauffait une sorte de grande marmite. Et puis, il n'y avait que des femmes. Des femmes heureuses, belles et grandes qui se parlaient dans une langue que ni Fred ni Emma n'avaient jamais entendue.

– Qu'est-ce qui se passe ici ? chuchota Fred à Emma, en désignant une femme allongée sur un tapis, et autour de laquelle toutes les autres se pressaient.

– Difficile à dire. Je crois qu'elle est malade, l'autre là, celle qui est couchée.

– Si elle était malade, les autres ne riraient pas !

– Tu as raison.

À peine s'étaient-ils dit cela qu'ils assistèrent à une scène extraordinaire. Deux femmes seulement restèrent près de celle qui était allongée. Les deux pieds bien à plat sur le sol, elles se penchèrent sur elle et lui soulevèrent sa longue robe. Elles parlèrent très fort à toutes les autres, après quoi il y eut quelques secondes de silence et toutes se mirent à chanter, doucement. Le chant glissait dans l'air comme une berceuse qui aurait voulu endormir les vents fous de la nuit.

Les deux femmes penchées saisirent leur amie qui était toujours au sol, elles la levèrent et la mirent à genoux. Ce faisant, elles lui relevèrent sa robe qu'elles nouèrent autour de sa poitrine. Fred et Emma qui étaient un peu loin de cette scène se demandaient bien ce que cela voulait dire. Il leur fallut attendre plusieurs minutes pour comprendre. Quand le chant cessa, eux aussi entendirent les pleurs.

– Regarde ça !

– Ça alors !

L'une des deux femmes avait dans ses mains un bébé, un bébé qui pleurait !

– Il vient de naître, ce bébé !

– Oui, et il est tout blanc !

– Ça t'étonne ?

– Ça m'étonne parce que sa mère est noire et que j'ai l'impression que nous sommes en pleine Afrique.

Fred avait raison, ils étaient arrivés cette nuit en plein cœur de l'Afrique, au bord du désert. Il avait raison de s'étonner, lui qui ne savait pas que tous les enfants d'Afrique naissent avec la peau claire… presque blanc et rose, une peau qui deviendra vite sombre et belle et noire : aussi belle que la chair d'une noix de cola[1].

---

1. Noix du colatier ; c'est un fruit très estimé.

Chapitre 4

Mais qui êtes-vous ?

Ils dormaient à présent. L'ours d'Emma veillait sur eux. Ils dormaient, la tête à l'intérieur de la tente. Personne ne les avait vus. Toutes les femmes, l'une après l'autre, s'étaient endormies et seule une lampe à huile était restée allumée, près de la maman qui, fatiguée, yeux fermés, sentait vivre son bébé tout serré contre elle.

Comme chaque matin, la lumière du jour revint éclairer le campement.

Personne n'aurait pu dire qui des vents ou du sable avait gagné la bataille de la nuit. Tout semblait apaisé et si des dunes avaient bougé, si certaines s'étaient enfuies, d'autres avaient pris la place de celles qui s'étaient absentées.

Tahiq et Ayyä se souciaient peu du sable. Ce matin, comme chaque matin, ils allaient un peu plus loin en bordure du campement, là où quelques petits épineux et quelques tamaris avaient réussi à sortir du sable et à survivre aux coups du soleil. Ils allaient cueillir des jeunes branches bien tendres pour leur chamelle préférée. Ils essayaient de ne pas se faire voir des autres enfants : les autres auraient voulu leur part et les petits arbres auraient vite été cassés, coupés, tués.

C'est Ayyä qui s'arrêta tout net. On aurait dit un scorpion du désert qui vient de deviner un danger. Tahiq, qui connaissait tous les pièges que cache le sable, l'imita sans rien demander. Ayyä tendit un bras vers la grande tente. Il fallut un petit moment pour que Tahiq distingue ce qu'elle désignait. C'était long, c'était blanc et ça ressemblait à des jambes. Sans faire plus de bruit que des chauves-souris, ils s'approchèrent. Quand ils furent à un seul pas des jambes qui dépassaient, ils s'interrogèrent du regard. Que voulait dire cette bizarrerie ? Des jambes... quatre jambes blanches ? Est-ce que la tempête de sable de la nuit avait caché là un génie à quatre jambes ? Le génie du lait peut-être ?

Après une minute de réflexion, Ayyä se mit à genoux. Elle prit un peu de sable dans sa main et le fit couler sur les quatre mollets. Tahiq l'imita. Ils firent cela une fois et deux... trois fois et quatre ! Ils allaient continuer, quand ils entendirent :

– Emma, ça me chatouille !

– Moi aussi, ça me chatouille...

– Emma, ça va ?

– Je ne sais pas si ça va. J'ai fait un rêve.

– Si tu crois avoir rêvé un labyrinthe et une tempête de sable et une naissance de bébé et d'autres trucs incroyables... t'as pas rêvé.

– C'est pas du rêve ?

– Non, c'est de la vérité en chair et en os.

Ils se sentirent tirés par les pieds. Bien obligés, ils se laissèrent faire et se retrouvèrent en plein soleil.

– Bonjour.

Ils regardèrent celle qui venait de leur dire bonjour. C'était une fille noire, longue comme une tige. Elle avait un léger foulard bleu sur la tête et elle avait noué une sorte de jupe du même tissu autour de ses reins. Elle n'était pas seule. À côté d'elle, un garçon, vêtu d'un caleçon et d'une sorte de tunique à col ouvert, leur souriait. Lui aussi dit « Bonjour ». Il avait au cou un collier de cuir orné d'une pierre ronde et blanche du désert.

– Bonjour, vous êtes qui et on est où ? demanda Emma.

– Je suis Ayyä et ma mère Toulha est la première épouse du chef, répondit la fille.

Emma remarqua tout de suite ses boucles d'oreilles en or.

– Et moi, je suis le fils de ma mère et de mon père, dit en riant le garçon qui ajouta : Je suis Tahiq et j'ai déjà cinq frères de sang et de lait.

Celle-là, ce n'est pas ma sœur, ajouta-t-il en désignant Ayyä et en riant de plus belle.

Emma et Fred se présentèrent.

– Mais vous êtes blancs... vous êtes de la couleur des missionnaires et des soldats...

– Où sommes-nous ? Où ?

Tahiq et Ayyä renseignèrent vite Emma et Fred. Ils apprirent qu'ils étaient en Afrique, comme ils l'avaient un peu deviné. Qu'ils étaient là où le désert commence pour les uns et finit pour les autres.

Tahiq raconta un peu. Ici le désert était de sable, mais avant le sable il y avait les pierres d'un côté et les herbes de la savane de l'autre. Les pierres ou les premières herbes étaient à plusieurs jours de marche.

– Nous sommes une tribu porteuse de sel, précisa-t-il, une tribu qui fait aussi un peu d'élevage bien sûr.

– Pourquoi parlez-vous français ? demanda Emma.

– On le parle parce que pendant trois saisons

des pluies on est allés à l'école blanche, c'est tout.
On a même appris à écrire de gauche à droite !
Mais maintenant, on n'y va plus, on se cache de
l'école des Blancs.

– On parle aussi notre langue, celle de tous nos
ancêtres. Venez.

Emma et Fred suivirent Ayyä et Tahiq jusqu'à
l'ombre du jujubier, sous les petites branches
duquel ils s'étaient abrités une partie de la nuit.
Ils parlèrent.

Ni Tahiq ni Ayyä ne furent étonnés d'apprendre que Fred et Emma étaient tombés là,
comme cela, sans avoir rien demandé à leur père,
à leur mère ou à leur oncle. Ils savaient bien que
le monde invisible s'ouvre quelquefois… qu'il
peut faire la nuit en plein jour, ou tomber de la
pluie rouge comme du sang ! Ils savaient aussi
que l'on peut tomber au fond d'une parole, bonne
ou mauvaise, et se retrouver chez les ancêtres.

Fred et Emma, eux, furent stupéfaits quand
ils apprirent de la bouche d'Ayyä qu'ils étaient
en pleine saison sèche de l'année 1927.

Ils seraient bien restés ensemble une heure de plus sous l'ombre invitante du jujubier mais ils entendirent des cris venir du campement. En plus des cris, ils devinèrent une grande agitation.

– Que se passe-t-il ?

– Je ne sais pas, mais c'est grave sans doute puisqu'ils remuent tous plus qu'une nuée de sauterelles.

– Ne bougez surtout pas, attendez-nous !

Ayyä et Tahiq partirent en courant vers les cris.

Chapitre 5
Qui a volé les puits ?

Fred regarda Emma droit dans les yeux et lui déclara :

– J'ai envie de voir moi aussi, et de savoir. Peut-être qu'il y a un spectacle plus beau que n'importe quel manège !

– Moi aussi j'ai envie de voir, mais j'ai chaud.

Sans plus se concerter, ils enlevèrent leur pull. Emma se retrouva avec un léger chemisier blanc, et Fred avec un tee-shirt à manches longues.

Il l'enleva aussi. Ouf, il ne lui restait plus sur la peau qu'une légère épaisseur, un maillot de corps.

– Attention aux coups de soleil.

– Mais, j'ai mes lunettes de soleil !

Sans en dire plus il les chaussa. Ils laissèrent leurs vêtements au pied de l'arbre et partirent en rampant, vers les cris.

– Emma, les hommes sont à droite, les femmes à gauche : si je te dis qu'ils vont faire un match, hommes contre femmes...

– C'est peut-être ça, mais alors le match sera truqué.

– Pourquoi tu dis ça ?

– Regarde l'arbitre, il crie contre l'équipe des femmes. Il va sortir un carton jaune et même un rouge ! Fred, tu les vois Tàhiq et Ayyä ?

– Non. Je ne vois que du bleu et du sable. Avec un ciel bleu comme ça, c'est sûr qu'ici ils vivent leur vie en vacances.

– Ça va pas, non ! L'Afrique est pauvre, c'est connu. Des pauvres en vacances, ça n'existe pas !

– Regarde bien, tu t'es trompée. L'arbitre expulse deux hommes.

En effet, deux hommes sortirent de l'équipe. Leur accoutrement était bleu indigo. Ils s'en allèrent du côté des femmes qui les laissèrent passer. Silence.

– C'est peut-être un de leurs rois qui est mort. Ils font une minute de silence.

– Non, Fred, c'est pas ça. Écoute bien.

Il ferma les yeux pour mieux écouter, et il entendit. Des femmes pleuraient. Elles ne bougeaient pas du tout, mais quelques-unes pleuraient, et les pleurs, ça s'entend, même dans le désert. Le sable, là, avait toujours l'air d'être sans souvenir et sans lendemain, mais il était vivant lui aussi. Oui vivant, et quand il le voulait, le sable, il laissait ses dunes entendre les pleurs de celles qui souffrent.

Ils n'eurent pas le temps de parler plus. Les deux hommes revinrent. L'un portait un paquet de linge blanc dans ses bras.

– C'est le bébé de cette nuit.

– Quoi ?

– Oui, c'est le bébé qui est venu au monde cette nuit. J'en suis sûre. Il était habillé comme cela.

– J'ai compris. L'arbitre qui criait le veut pour lui, c'est sans doute son père.

– Ça, ça m'étonnerait…

– Et pourquoi ?

– Parce qu'un père qui vient d'avoir un bébé est plutôt content. Il ne crie pas comme celui-là. Et tu vois ?

– Oui, je vois. Et j'ai compris.

– T'as compris quoi, cette fois ?

– On lui avait dit que c'était un garçon et c'est une fille. À tous les coups, c'est pour cela qu'il n'est pas heureux !

Tous les hommes faisaient bloc d'un côté, et toutes les femmes de l'autre. Le bleu du ciel était bien timide à côté du bleu indigo, presque noir, de l'habit des hommes et du litham[1] qui cachait le bas de leur visage. Les femmes faisaient naître des

1. Longue pièce d'étoffe avec laquelle les Touaregs se protègent le visage.

étoiles à leurs oreilles, tant les gouttes d'or qu'elles portaient en boucles capturaient les rayons du père de tous les ciels. Toutes étaient pieds nus et toutes portaient de légers bracelets de cheville.

Tàhiq et Ayyä n'étaient ni du côté des hommes ni du côté des femmes. Ils étaient postés près des dromadaires.

– Qui est mort ? Qui se marie ?

Ayyä savait bien qu'il fallait un grand événement pour que l'agitation soit aussi grande.

– Personne, Ayyä, mais c'est peut-être que les vents de la nuit ont déposé sur la tête du chef tous les tiques qui habitaient sur la bosse des chamelles… Ton père crie comme pour déclarer la guerre, et il a son marabout[1] qui murmure à côté de lui.

Si Tàhiq avait dit cela, c'est parce qu'à présent seul le chef parlait, et fort. Il ne s'adressait qu'aux hommes bien sûr, et les hommes justement, au fil

---

1. Musulman très respecté. On le consulte pour sa sagesse : il est souvent guérisseur.

de ses paroles, s'étaient presque tous tournés vers les femmes comme si elles étaient coupables, comme si elles avaient osé faire quelque chose de mal, de déshonorant peut-être ; comme si elles avaient mis du venin de scorpion dans leurs marmites, pour pimenter encore plus la sauce, par exemple.

Le chef avait les deux jambes un peu écartées et les pieds enfoncés dans le sable. Son attitude montrait bien qu'il était décidé à faire quelque chose de grave. Il lança trois phrases courtes. Deux hommes se détachèrent du groupe et se dirigèrent vers les femmes. Elles s'ouvrirent pour les laisser passer. Ayyä et Tahiq, qui voulaient tout comprendre, allèrent se glisser, chacun d'un côté : elle chez les femmes, et lui chez les hommes. Personne ne les remarqua. La tension était grande dans chaque groupe.

Quand les deux hommes qui avaient traversé le groupe des femmes revinrent, l'un d'eux portait dans ses bras un bébé. Le bébé, on ne le voyait pas, mais on le devinait, surtout à la manière dont il était porté. Ils s'approchèrent du chef. Tous deux, maladroitement, lui enlevèrent le voile qui le protégeait. C'était le silence le plus complet. Le chef examina l'enfant, sans le toucher. Les hommes le lui montraient de face et de dos. Il regarda longuement ses mains et ses pieds et aussi ses yeux. Pendant tout ce temps le marabout marmonna pour lui seul, on aurait dit un chameau mâchonnant une feuille de thé. Et puis, le chef parla à tous. À cet instant, on aurait pu croire que chaque grain de sable du désert devait entendre ce qu'il disait. Le monde entier faisait un silence complet. Même les animaux ne bougeaient plus. Le temps s'était arrêté.

Le chef parlait. Tàhiq de son côté, et Ayyä, de l'autre, écoutaient, yeux fermés. Dès qu'il se tut, les femmes refluèrent vers les tentes, comme calmées ou simplement vaincues. Tàhiq et Ayyä revinrent vite vers le jujubier. Ils y retrouvèrent Fred et Emma qui venaient de se remettre à l'ombre.

– Alors, c'est la fin du monde ou quoi ? demanda Fred.

– Oui, c'est la fin du monde, mais pas pour tout le monde. C'est la fin du monde pour le bébé qui est né cette nuit, parce que bientôt ça va être la fin de sa vie.

– Pourquoi ?

– Ce matin, les sources, qui ici mouillent les sables depuis plus de mille ans, ont disparu. Il n'y a que du sable à leur place. Plus d'eau, rien du tout. Tout est sec, même quand on creuse. C'est pour cela que le bébé doit mourir.

– Je ne comprends pas, dit Emma, en serrant très fort son ours contre sa poitrine.

– C'est à cause du bébé, c'est ce que dit le chef.

– Ça alors, à cause du bébé… je comprends de moins en moins.

– Il est albinos, le bébé. Il est blanc comme toi, tout blanc, des pieds à la tête, mais en plus il est albinos, ça se voit à ses yeux et même, il est plus blanc que blanc, on peut dire. Il est albinos, oui, et c'est lui qui a apporté le malheur en naissant, disent les hommes. C'est lui qui aura bu toute l'eau… il va être sacrifié.

– Mais ce n'est pas possible !

– C'est possible, Emma. Il va être emmené par deux guerriers qui le noieront dans le fleuve.

– S'il y a un fleuve, il y a de l'eau !

– Le fleuve est très loin. Les guerriers vont voyager l'espace de toute une lune au moins avant d'atteindre le Djoliba[1].

– Le Djoliba ?

– Le fleuve. C'est son nom. Ceux de là-bas l'appellent le Djoliba, d'autres l'appellent Issa, je crois.

---

1. Nom du fleuve Niger, en pays Bambara.

Chapitre 6

La décision

Emma se mit à pleurer. La mort prochaine du bébé lui était insupportable. Elle l'avait vu naître ce bébé, il était un peu à elle.

– Tu pleures parce qu'il est blanc comme toi ? demanda Ayyä.

– Non. Je pleure parce que c'est un bébé. Un bébé, c'est fait pour vivre, c'est pas fait pour mourir tout de suite, quand même !

Ils se turent. Là-bas derrière la dune, le

campement était silencieux. On percevait seulement le bruit des chèvres, des chameaux et de
quelques ânes.

Tahiq tournait en rond autour du jujubier.

– Tu ressembles à une mouche qui tourne
autour des croûtes d'un vieux chien, lui dit Ayyä.

– Tais-toi, toi. Tu es la fille du chef, dit-il
durement.

– Je le sais que je suis la fille du chef. Arrête
avec ta déhontée façon de me parler !

Tahiq arrêta de tourner et vint se poster face à
Ayyä. Il s'aperçut qu'elle avait les yeux rouges,
comme si on les lui avait pimentés pour la faire
pleurer. Il se rendit compte qu'elle était tout autant
tourneboulée que lui qui retenait ses larmes. Alors
doucement il déclara :

– Ce que veulent faire les hommes ne peut
aboutir qu'avec la bénédiction des dieux.

– Tu as raison, Tahiq.

– Si j'ai raison, peut-être que c'est nous que les
dieux béniront…

– Pourquoi ?

– Si nous voulons sauver le bébé…

Il s'assit sur le sable et en prit une poignée qu'il laissa doucement couler du creux de sa main.

Enfin, il s'expliqua :

– Nous pouvons suivre les deux guerriers qui vont ce soir emmener le bébé. Nous le leur volerons et nous reviendrons le rendre à sa maman.

– Si on réussit cela, ils voudront le tuer encore. On l'aura sauvé pour rien.

– Non. Si on réussit à le sauver avec l'aide des dieux, nous prierons pour que les dieux n'oublient pas de faire revivre les puits.

À peine eut-il fini de parler qu'Emma lui prit les deux mains et les embrassa.

– Merci, Tahiq. Nous allons le sauver ce bébé…

– Tu veux le sauver toi aussi ?

– Oui, bien sûr.

– Et moi aussi je viens le sauver, ajouta Fred.

Ils se prirent les mains les uns les autres, comme Emma venait de le faire avec les mains de Tahiq, et ils s'embrassèrent. Faire ainsi, ce n'était la tradition ni des Blancs ni des Noirs et, sans le savoir, ils venaient d'ajouter un geste à leurs coutumes.

– On va prendre deux chamelles et on va les suivre.

– Tu veux dire que vous allez les voler ? demanda Fred.

– On va les voler, oui, mais seulement les voler un peu. On les ramènera.

– Et puis on va les préparer pour la poursuite des guerriers. Il nous faut un peu de vivres et de l'eau…

– Mais il n'y a plus d'eau, Ayyä !

– Je peux certainement trouver deux outres encore pleines.

Fred et Emma ne pouvaient rien faire. Ils ne connaissaient rien aux chameaux, rien au désert de sable.

– Vous allez vous cacher jusqu'à ce soir et dès que la nuit sera là nous partirons. Il faut que vous soyez invisibles pour tous les yeux, sinon on va croire que vous êtes des Blancs albinos et vous aussi vous serez sacrifiés. Venez !

– Où ?

– Sous les branches des tamaris, vous serez introuvables. Elles traînent jusqu'au sol.

Tahiq se leva. Emma et Fred le suivirent en rampant dans le sable.

Debout derrière eux, Ayyä observait pour voir si aucun danger ne les guettait.

C'est au début de l'après-midi qu'Ayyä revint seule vers eux. Elle leur apportait un peu de lait caillé, une poignée de dattes et de l'eau de coco[1].

– Tout se passe bien, j'ai trouvé deux outres d'eau. Tahiq a prévu tout le reste. Dormez en attendant.

C'était la première fois qu'Emma et Fred goûtaient du lait caillé. Ils étaient habitués à manger des yaourts aux fruits et ce fut une surprise.

– Hum...

– C'est bon ? demanda Emma à Fred qui avait lapé le premier dans la calebasse.

– Ça se mange. C'est sucré mais ça n'est pas parfumé à la vanille !

_____

1. Jus de la noix de coco dont la maturité n'est pas achevée.

– Ça a quel goût ?

– Difficile à dire.

Ils dégustèrent le lait caillé et les dattes, après quoi ils s'endormirent jusqu'au soir. C'est la fraîcheur annonciatrice de la nuit qui les réveilla.

– Heureusement qu'on a un pull !

Quand ils entendirent un sifflement continu dans la nuit, ils crurent qu'ils avaient été repérés par un serpent. C'est serrés l'un contre l'autre que Tahiq les découvrit.

– Vite, il faut vite nous éloigner !

Ils sortirent de leur cachette de branches. Ayyä était là, elle retenait les deux chamelles. C'est elle qui ferma la tête et le visage de Fred et d'Emma dans un litham. Ainsi protégés du sable, tout comme Tahiq, ils ressemblaient à des guerriers.

Les chamelles étaient équipées de belles selles de bois recouvertes de cuir. Chacune avait un petit chargement.

– On a des couvertures et une caisse-popote[1],

_____

1. Coffre en métal ou en bois utilisé par les militaires de l'époque coloniale pour ranger nourriture et ustensiles.

plus deux outres d'eau et des noix de coco. On peut voyager.

Tahiq avait vraiment tout prévu. Il avait même cueilli, juste avant d'arriver là, quelques jujubes jaunes.

Tahiq invita Emma à monter avec lui. Il la serra contre lui pour qu'elle ne tombe pas et qu'elle trouve une bonne position. La chamelle se releva et commença sa lente marche. À côté de Tahiq et d'Emma, Fred et Ayyä partageaient la même selle.

– Emma, ça va ? chuchota Fred.

– Ça va, on voulait faire un tour de manège en plus et on le fait !

– Les chameaux sont les manèges du désert, affirma Fred.

Le froid de la nuit accompagna longtemps leur marche. Quand ils s'arrêtèrent pour dormir, Tahiq fit brûler un cram cram[1], pour les réchauffer un peu et pour éloigner les chacals.

---

1. Plante du désert et du Sahel, dont les graines épineuses s'accrochent aux vêtements.

Chapitre 7

Poursuite
dans le désert

Le lendemain et les six jours suivants, ils restèrent sur leurs chameaux, du crépuscule du matin
au crépuscule du soir, à poursuivre les guerriers.

Arriva le septième jour.

Les premières lueurs de l'aube ne perdirent pas
de temps pour éclairer le désert. Fred, qui avait
dormi avec ses lunettes de soleil, les enleva et
regarda les longs plis parallèles que faisaient les
dunes. Emma regardait aussi. Ce paysage était

sans doute trop beau pour qu'ils en parlent. Et puis, Emma, Fred, Tàhiq et Ayyä savaient bien que pas loin, privé de sa maman, un bébé, seul avec sa souffrance, se trouvait dans le désert.

– Le bébé doit pleurer toute la journée et toute la nuit, la beauté du ciel et du sable, c'est pour lui le pays des larmes. Il doit appeler sa mère et seulement sa mère.

– Peut-être pas, un bébé c'est un mystère et en plus, c'est si mystérieux le pays des larmes.

L'eau murmurait dans la bouilloire. C'était Tàhiq qui préparait le thé. C'est lui qui servit les trois autres. Ils burent toute la bouilloire, jusqu'à la dernière goutte. Tàhiq avait prévenu Fred et Emma :

– Il faut prendre des forces ce matin. Nous allons durer de nouveau plusieurs heures sur nos chameaux et le sable, ce soir, fermera peut-être encore les quatre horizons.

Il partagea les feuilles vertes de thé entre les deux chameaux. Ils repartirent. Emma et Fred comme chaque matin étaient étonnés de voir les chameaux décorés de rubans, de pompons de laine et même de colliers.

Emma voyageait toujours serrée contre Tahiq et Fred toujours serré contre Ayyä. Le désert autour d'eux était inondé d'une lumière violente et monotone.

– Là, regardez ça !

Tahiq désignait devant eux, au loin, quelque chose qu'il était le seul à voir. Il fit accélérer son chameau puis, quelques mètres plus loin, sauta dans le sable. Il riait.

– On est sur la bonne piste et ils ne sont pas très loin. Cette bouse est presque fraîche !

La trace qu'il avait repérée de ses deux yeux, c'était de la bouse de chameau. Il la ramassa et la mit dans le petit filet qui retenait les noix de coco.

– C'est pas vraiment propre…

– Fred, il faut être fou ou trop pressé pour laisser comme ça la bouse. Crois-moi, ça peut servir encore.

Toute la journée, ils naviguèrent dans le désert de sable, sur leurs chameaux. Ils économisèrent leur eau et aussi leurs paroles. Plusieurs fois, ils virent des traces fraîches de vipères cornues. C'était presque l'annonce du soir, quand leurs chameaux marchèrent dans les pierres. Peu après, ils virent quelques herbes qui sortaient du sable, plus craintives que des têtes peureuses de tortues.

Il leur restait encore un peu de temps avant la vraie nuit, aussi ils continuèrent. Quelque part devant eux, les guerriers se pressaient certainement, et s'ils voulaient les rattraper, il leur fallait ne rien perdre du temps qui passe.

Tahiq montra au loin des formes qui visaient le ciel. Ils s'approchèrent et découvrirent trois arbres, plantés en triangle : un baobab[1], un fromager [2], un cailcedrat[3]. Ils étaient beaux et hauts, pleins de vie.

– Ces arbres ont été plantés là par la main de Dieu ou par celle de l'homme… Ils ont de l'eau sous leurs pieds, pour être jeunes et si grands !

---

1. Arbre des savanes au tronc très épais. Il est quelquefois considéré comme un arbre fétiche.
2. Arbre commun d'Afrique de l'Ouest, souvent très grand.
3. Grand arbre des savanes, c'est un des géants d'Afrique.

– Regardez ça !

Emma tenait dans ses mains trois œufs, qu'elle venait de trouver là.

– Des œufs, des œufs de poule ou quoi ?

– Tu ne crois pas que ce sont les étoiles du ciel qui ont pondu quand même ! Fred, les étoiles arrivent seulement, elles n'ont pas eu le temps de pondre.

– Ce sont des œufs de poule, assura Ayyä.

Tahiq ajouta à l'adresse de Fred et Emma :

– Et les œufs, c'est la vie. Nous allons les manger.

Difficile de partager trois œufs en quatre, en Europe comme en Afrique. Tahiq ne se posa pas la question. Il sortit de sa caisse-popote une sorte d'assiette plate, en fer. Il mit le feu à un peu de bouse de chameau et fit cuire les œufs. La lumière du petit foyer et celle de leur lampe à huile leur montrèrent un petit miracle. Pour trois œufs, il y avait quatre jaunes !

– Quatre jaunes, c'est un signe que le ciel nous offre. Ayons espoir. Nous rattraperons les guerriers, et le bébé vivra.

Ils mangèrent leurs œufs et burent le lait de deux noix de coco. Après cela, Tahiq commença avec une pierre fine et plate à gratter la pulpe blanche des noix.

– Prends ça, ce sera plus facile.

– C'est quoi ?

– Un couteau suisse.

Tahiq regarda le couteau avec l'étonnement d'un voyageur qui découvre l'océan pour la première fois. Il choisit une petite lame et tranquillement décolla la chair tendre des noix. Il fit le partage et offrit à chacun son dessert. Il essuya le couteau dans les poils-cheveux de la noix et le tendit à Fred.

– Garde-le. Il est à toi. Je te le donne.

Tahiq posa le couteau fermé entre ses deux pieds nus. Il retira son collier de cuir avec la pierre blanche et ronde du désert. Sans rien dire, il le passa au cou de Fred. Ils se sourirent.

– Il faut continuer.

– Mais c'est la nuit. On peut dormir ici.

– Non. Ces arbres ne sont pas là par hasard…

Il y a certainement un village pas loin, surtout si des poules sont venues pondre. Si nous trouvons ce village, nous serons renseignés sur ces guerriers que nous poursuivons.

Ils se laissèrent guider par les chameaux et moins d'une demi-heure plus tard, alors que le ciel de la nuit était complètement moucheté d'étoiles, ils entrèrent dans un village de cases rondes.

Ils étaient arrivés au pays de la cora[1] et de la cola. On leur offrit l'eau de bienvenue. Fred et Emma se désoiffèrent avec contentement. On leur donna les nouvelles : les deux guerriers étaient passés là, trois heures avant eux. Ils avaient échangé leurs chameaux contre des petits chevaux arabes, solides et résistants, et ils étaient partis au galop, avec le bébé albinos qui semblait dormir.

– Nous ne les retrouverons jamais assez vite, dit tristement Emma.

---

1. Instrument de musique qui possède entre 21 et 26 cordes ; c'est la « harpe africaine ».

Le chef de village, qui comprenait le français, s'adressa à Emma qui venait de parler.

– Ils sont loin à présent et pour les rattraper, il faudrait que vous puissiez franchir la faille. Mais elle s'enfonce dans la terre plus que la falaise de Bandiagara dans le ciel !

– Quoi ?

Il s'expliqua. Avant d'atteindre le fleuve, la terre rouge s'était comme creusée elle-même, depuis longtemps, depuis peut-être l'ancien temps où Soundiata[1] régnait sur tout l'Empire manding[2]. Impossible de passer par là, il fallait contourner la faille et perdre huit à dix heures.

Cette nuit-là, ils logèrent dans une case faite en terre rouge et recouverte d'un toit pointu, en paille. Couchés les uns contre les autres, ils mirent longtemps à s'endormir. En silence, ils observèrent un petit margouillat[3] qui allait et venait

---

1. Fondateur au XIIIᵉ siècle de l'empire du Mali (manding).
2. Ancien grand empire d'Afrique de l'Ouest. Il s'étendait sur l'actuel Mali et les pays voisins.
3. Gros lézard très coloré.

sur le mur. Un petit margouillat qui prenait le risque d'être vu pour trouver la sortie.

Une nouvelle aube arriva. Les hommes et les femmes du village courbèrent leur première prière du jour. Tahiq et Emma, Ayyä et Fred partirent vers la faille, sur leurs chameaux qui, eux aussi, s'étaient un peu reposés.

Chapitre 8

Au milieu du ciel

– Emma, si je pouvais devenir le vent, je t'en-
volerais jusqu'au milieu du ciel et après je te
poserais sur le bord du fleuve. Là, tu retrouverais
la première le bébé blanc.

– Un fétiche qui pourrait faire s'envoler quelqu'un, ça n'existe pas ! dit Ayyä.

Ils étaient de nouveau sur leurs chameaux et ils
se dirigeaient le plus vite possible vers la faille.
« Qui sait, peut-être qu'un génie plus pressé qu'un

autre aura rebouché ce trou de la terre », avait dit Tàhiq en se réveillant le matin.

Dans sa tête, Fred répétait, au rythme du balancement du chameau : « Et pourquoi pas… et pourquoi pas… et pourquoi pas… » Ces mots lui étaient venus comme ça, quand il avait entendu Ayyä répondre que ça n'existait pas, un fétiche qui pourrait faire s'envoler quelqu'un. Et puis il se souvint de *la Fourmi de dix-huit mètres*, recopiée dans son cahier de poèmes, et il songea : « Une fourmi de dix-huit mètres, voilà ce qu'il nous faudrait. D'un seul pas, elle franchirait la faille qui coupe la terre, là-bas. »

L'heure était grave. Ils ne disaient aucun mot. Ils cherchaient une solution. Mais, depuis presque trois heures qu'ils naviguaient dans la savane, bien calés sur leurs selles, aucun n'avait le moindre petit morceau d'idée à proposer. Ils approchaient à pas de chameau de la faille, mais, dans leurs têtes, elle restait infranchissable.

L'œil jaune du soleil n'avait pas encore réussi à grimper tout en haut du ciel, quand ils y furent.

Le spectacle était étrange. La terre s'était ouverte comme une bouche, ou plutôt comme une gueule. On aurait pu croire qu'ici, elle avait voulu imiter un lion ou un crocodile en ouvrant la gueule comme pour manger une proie… une gueule qui ne se serait pas refermée.

Ils mirent pied à terre et laissèrent leurs chameaux se régaler de l'herbe tendre et des jeunes feuilles de petits épineux.

– Que pouvons-nous faire ?

– Attendre. Regarder. Il y aura bien un des dieux du ciel ou de la terre qui nous aidera.

Tàhiq s'était mis à genoux. Il ressemblait à quelqu'un qui vient d'être interrompu dans sa prière. Les autres étaient simplement assis sur la terre rouge, un peu derrière lui. L'air était lourd et sec. Le ciel pesait sur les têtes et les épaules.

Fred et Emma avaient senti leur sang se glacer dans leurs veines et, instinctivement, ils s'étaient collés à Ayyä. À présent, ils étaient incapables de faire un seul geste… Un serpent, aussi gros qu'un pain de deux livres et aussi grand que deux manches à balai, se déroulait là, juste devant Tàhiq qui était toujours à genoux. Il était peut-être sorti d'une pierre ou de l'ombre courte d'une touffe d'herbes.

– Je ne sais pas si Tàhiq l'a vu. Il est avec lui-même comme quelqu'un qui demande conseil à toutes les personnes qu'il a en lui, murmura Ayyä.

Ayyä parlait, mais ni Fred ni Emma ne l'écou-taient. Ils étaient hypnotisés par le reptile. La peur avait mangé leur raison et ils ne pouvaient pas bouger.

– Vous voyez ça ? Le serpent regarde Tàhiq dans les yeux. Ou ils se comprennent ou ils se guettent pour se battre…

Ayyä prit dans ses mains noires les mains blanches de Fred et d'Emma. Elle les serra de plus en plus alors que le serpent glissait sur les genoux de Tàhiq. Puis le serpent s'en alla plus loin. Quand il arriva au bord de la faille et qu'il s'y laissa aller, elle lâcha les deux mains de ses amis et sentit son corps devenir aussi mou qu'un bout de chiffon. Elle aussi avait eu peur.

Tàhiq fixait un point, à moins d'un mètre de ses genoux. C'était la tête du serpent qui revenait vers lui.

– Qui es-tu toi, un bâtard de bâtardise, un fils de chien ou un homme-serpent qui n'a pas retrouvé ses vraies jambes et sa vraie tête au lever du jour ?

Il n'avait pas bougé. Il avait parlé doucement mais avec colère. Il semblait n'avoir aucune peur du serpent qui s'était déroulé devant lui et qui à présent levait la tête et sortait la langue comme pour parler à voix haute !

– Quel est ton nom ? demanda le serpent.

– Tàhiq.

– Tàhiq, tu devrais savoir que celui qui est assis sur une termitière ne doit pas parler mal des termites. Tu m'insultes et je pourrais te mordre, te piquer, t'étouffer. Je suis un python royal. Ton cœur et ta bouche n'ont eu à manger que de la bouillie sans sauce depuis trop longtemps, on dirait.

Tàhiq fut surpris par les paroles calmes du python. Alors, en chuchotant presque, il lui raconta pourquoi lui et ses amis étaient si tristes, là, devant la faille.

– La vie est une branche de palmier que les vents inclinent à leur gré, dit le python, qui ajouta : Pense au rat qui creuse un trou alors qu'il n'a aucun outil, pense à moi qui peux grimper aux arbres alors que je n'ai pas de bras…

Il ne laissa pas à Tahiq le temps de lui répondre. Il glissa et passa sur le haut de ses genoux. Il se dirigeait vers la faille. Arrivé sur son bord, il se laissa aller et commença à descendre au creux de la gueule, comme seul un serpent pouvait le faire.

Tahiq se leva. Il ne dit rien du serpent aux autres et avant même qu'Ayyä, Fred ou Emma ne s'adresse à lui, il déclara :

– Je sais comment faire pour passer.

– Dis-le !

– J'ai vu le serpent glisser… Voilà. Chacun de nous doit retirer son litham et prendre le risque de laisser le soleil lui chauffer la tête. Nous allons nous attacher les uns aux autres, par le poignet. Nous allons devenir comme un seul corps aussi long qu'un serpent et on va se laisser glisser. Si l'un de nous dérape ou tombe, il sera retenu par les autres. Je vais descendre le premier. Je planterai dans cette terre dure et sèche le couteau suisse. Quand ce sera fait, vous me suivrez.

– C'est bien, Tahiq, on va réussir ça, dit Ayyä.

– Oui, c'est bien. On va descendre en rappel comme des alpinistes, en fait.

Ils s'attachèrent. Tahiq, habitué à entraver les chameaux, savait faire de très bons nœuds. Fred, depuis son stage de voile, était un champion pour lier n'importe qui ou n'importe quoi. Tahiq d'autorité prit l'ours blanc d'Emma et l'attacha à son propre litham, comme si, avec lui, l'ours risquait moins de tomber.

– Tu as peur, Emma ?

– Un peu.

– Moi aussi, avoua Tahiq.

Ayyä regarda Fred et lui dit :

– On a tous peur, c'est obligé !

Tahiq était un fils de guerrier et il savait qu'affronter la terre était aussi dangereux que vouloir se battre avec un Peul Bororo. Il plongea presque dans le vide, bien retenu par les autres. Après lui, c'est Emma qui se risqua. Derrière eux, Ayyä et Fred devaient suivre.

Les deux derniers n'eurent pas le temps de descendre d'un seul millimètre. Alors qu'ils étaient encore sur le sol ferme et qu'ils retenaient les deux autres, le ciel s'obscurcit. Ce fut comme si un gros nuage de pluie avait décidé de masquer le soleil. Ils levèrent la tête et distinguèrent un énorme oiseau. C'était lui la cause de l'ombre envahissante. Il était devant le soleil. Il semblait immobile dans ciel, visant sa proie.

– C'est un épervier du désert ?

– Je ne crois pas, répondit Tahiq qui, accroché à la paroi de la faille, avait la tête en l'air.

Soudain, l'oiseau plongea sur eux. Plus il descendait, plus il prenait de la vitesse.

– C'est un calao géant, c'est nous qu'il vise. Attention !

Tàhiq n'en dit pas plus. C'est sur lui que le calao fondait, avec son grand bec ouvert. Tàhiq pensa un instant : « Il va m'avaler aussi bien qu'un crocodile avale un moustique ! » Le calao ne l'avala pas. Avec son énorme bec, il serra l'ours blanc d'Emma et s'envola. Incroyable ! Il eut du mal à reprendre son élan vers le ciel bleu parce qu'une longue traîne pendouillait du nounours. C'était Tàhiq et Emma et Ayyä et Fred. Ils étaient comme une guirlande qui s'envolait. Les nœuds qui les attachaient ne cédaient pas et ils étaient en l'air ! En l'air oui, au milieu du ciel… bien plus au milieu même que le haut d'une grande roue !

Leur voltige dura une minute ou une heure, qui aurait pu le dire ? Au milieu du ciel, le temps ne se mesure pas.

Bientôt, le calao perdit de l'altitude. Il était gros-grand-fort, mais les deux corps blancs plus les deux corps noirs et plus le nounours, ça faisait beaucoup. Il se posa sur le sol. Vaincu par le poids. Sans se retourner vers la guirlande humaine qu'il avait promenée, il repartit du côté du soleil.

– Ouf ! Nous sommes sauvés.

– Plus que ça !

– Quoi ?

– Nous avons volé au-dessus de la faille. Nous sommes de l'autre côté. Vite, pas un instant à perdre.

Ils se détachèrent. Chacun remit autour de sa tête le litham qui les avait si bien tenus. Emma récupéra son nounours blanc. Ils partirent avec une grande rapidité de pas vers le Djoliba.

Chapitre 9

Le fleuve

Ils sentaient le fleuve, un peu comme les chacals sentent de loin les chèvres. La brousse de la saison sèche ne les gênait pas dans leur marche et, quand du haut d'une petite colline ils virent un miroir qui invitait le soleil lui-même à venir s'admirer, ils surent qu'ils y étaient.

Le Djoliba était là et, présentement, il coulait sans rien craindre de ses deux rives qui, chacune, le surveillaient d'un œil.

– Il y a plus d'eau ici que dans n'importe quel grand marigo[1] ! s'exclama Tahiq.

– C'est vrai si tu le dis. Moi, c'est la première fois que je vois un fleuve aussi large, dit Fred.

– Moi aussi.

Emma avait vu la Loire et le Rhône et la Seine. En regardant le Djoliba, elle pensa qu'il faudrait sans doute additionner les trois fleuves de France pour obtenir autant d'eau…

– Qu'est-ce qu'on peut faire maintenant ? demanda Fred.

– Attendre les guerriers, lui répondit Emma.

– Attendre… comme ça, ici ?

– On va les attendre, mais pas ici. Nous avons certainement beaucoup d'avance sur eux, même si leurs chevaux sont de bons coursiers.

Tahiq marqua un temps. Il jeta un regard circulaire autour de lui et, comme un chef qui a enfin choisi sa stratégie, il leur dit :

– Remontons cette petite piste qui suit le fleuve

---

1. Pièce d'eau stagnante.

jusqu'à l'endroit d'où elle s'en éloignera. C'est là que nous les attendrons.

Ils marchèrent, sans trop se presser cette fois. Ils ne firent pas outrage au fleuve en tentant de courir plus vite que lui. Quand leur piste fit brusquement un coude vers le nord, ils décidèrent de s'arrêter et de patienter. Tahiq et Ayyä étaient eux aussi épatés par la beauté du paysage, toute nouvelle pour eux.

– Vraiment, on dirait que le fleuve peut faire ressusciter tous les arbres !

– C'est vrai ça !

En effet, les arbres, qui étaient interdits de séjour là où le monde s'était recouvert de pierres et de sable, profitaient bien ici de la terre rouge et de l'eau.

– L'eau c'est la vie, il faut l'économiser, lança gravement Tahiq.

La nuit arriva vite, à peine annoncée ce soir par un peu de fraîcheur.

– On dort ?

– Dormir… mais dormir c'est perdre son temps,

même si on rêve un peu, dit en riant Emma.

– Tu te trompes, lui répliqua Tahiq. Rêver, c'est écouter les ancêtres aussi, c'est écouter ceux qui savent.

Ayyä ajouta :

– Si tu rêves, tu retrouveras peut-être ton père et ta mère et ton oncle maternel...

– Mon père, ma mère et le père et la mère de Fred, c'est pas dans l'eau du Djoliba qu'ils risquent de se noyer à l'heure qu'il est, c'est dans leurs pleurs ! répliqua Emma. Ils nous croient perdus à tout jamais, morts peut-être.

Elle devint très triste, si triste que la nuit même ne put cacher toute sa peine. Ayyä lui prit la main et lui murmura à l'oreille :

– Leur peine ne durera pas. Ils te retrouveront bientôt sans doute, comme la maman du bébé albinos retrouvera son enfant.

– Chut...

– Je peux lui chuchoter ce que je veux... je ne vais pas lui mordre les oreilles quand même !

– Chut...

Avec ses deux bras, Tahiq fit signe à tous de se taire et d'écouter. Le premier, il avait entendu la piste parler. Tous écoutèrent. On venait. On venait et c'était à cheval que l'on venait…

– C'est eux, aucun doute.

– C'est eux, mais nous le saurons quand nous les verrons. Mieux vaut croire ses oreilles quand elles sont d'accord avec ses yeux.

Ils n'eurent pas longtemps à attendre. Les deux cavaliers arrivèrent, au petit trot. Ils passèrent près des quatre enfants sans les remarquer. Moins de cinquante mètres plus loin, ils s'arrêtèrent et mirent pied à terre.

– Il faut les surveiller. Il faut aussi rester près d'eux, comme un jeune cabri qui vient de naître reste près de sa mère.

Ils s'approchèrent des deux hommes qui étaient loin de s'imaginer qu'on les guettait ! Ils les virent attacher leurs chevaux à une branche basse.

Les deux hommes se parlaient. On entendait bien leurs voix dans la nuit, mais si Tahiq et Ayyä pouvaient comprendre, pour Fred et Emma, c'était impossible.

– Ils vont jeter tout de suite le bébé dans l'eau…

– On fait quoi ?

– Je ne sais pas, Fred. Si on les attaque, même par surprise, on perdra. Ils sont forts et ils ont des armes.

– Alors ?

Tahiq réfléchissait, mais il ne voyait pas de solution. C'est Ayyä qui demanda :

– Fred, tu sais nager dans un fleuve, toi ?

– Oui, je sais nager… dans un fleuve, dans une piscine et dans la mer !

– Moi aussi, dit Emma.

– Alors, laissons-les jeter le bébé dans l'eau. L'eau du fleuve est douce, elle ne lui fera aucun mal. L'eau c'est la vie… le jour comme la nuit, Tahiq l'a dit. Mais dès qu'il aura touché l'eau il faudrait nager vers lui et l'attraper.

– Compris.

Ils descendirent vite vers le fleuve et se disper-sèrent sur la rive. Un peu en amont, Emma et

Tahiq s'aplatirent sur la terre pour ne pas être découverts. En aval, Fred et Ayyä se cachèrent dans un creux. Le petit morceau de lune qui éclairait leur permettait de voir sans être trop vus.

– Les voilà !

Les deux guerriers étaient noirs de nuit, dans la nuit. Ils descendaient avec prudence vers le fleuve, comme s'ils craignaient de glisser et de rouler eux-mêmes dans l'eau. Ils s'arrêtèrent à plus de trois mètres de la rive. On aurait dit qu'elle leur faisait peur cette eau de nuit. Sans rien dire, l'un d'eux lança un paquet blanc qui fit un léger plouf. Aussitôt, comme si le bruit rebondissait à la surface de l'eau, un autre plouf lui répondit. Les hommes ne se soucièrent pas de ce second bruit qui avait fait écho. Ils remontèrent vers les arbres et leurs chevaux.

Fred avait réfléchi. Ils savait bien que s'il ne capturait pas le bébé moins de cinq secondes après qu'il eut touché l'eau, il risquait de ne jamais le serrer dans ses bras. Aussi, quand dans la nuit il avait vu le paquet blanc voltiger, il avait plongé instantanément, sans s'enfoncer dans l'eau. À cinq mètres de lui, le paquet toucha l'eau, tourna sur lui-même et glissa un peu au fil de l'eau. Il s'enfonçait tout juste quand Fred le rejoignit et l'agrippa. Ouf !

– Fred, tu es le maître de l'eau ! dit Ayyä admirative, quand il lui tendit le bébé.

– Le maître de l'eau et des crocodiles, compléta Tahiq.

– Pourquoi ?

– Parce qu'aucun crocodile ne t'a attaqué.

Fred se mit à trembler dans la nuit. Les crocodiles ! Il n'y avait même pas pensé !

Ils enlevèrent les langes mouillés du bébé et l'enveloppèrent dans le pull à manches longues d'Emma. Ils partirent sans bruit, aussi invisibles que des ombres dans la nuit.

– Ils sont toujours là.

– Ils font quoi ?

– Ils mangent sans doute, et ils vont se reposer un peu avant de reprendre la piste.

– Mais alors, Tahiq, c'est notre chance !

– Pourquoi ?

– On peut voler leurs chevaux et partir…

– Ce sont des guerriers, Fred !

– Tahiq, des guerriers, ce n'est jamais aussi dangereux que des crocodiles.

Tahiq comprit que c'était à lui à présent de faire un exploit. Il demanda aux autres de s'avancer seuls sur la piste, sans l'attendre. Il allait essayer de voler les chevaux. Après cela, il les rattraperait vite.

Ils se séparèrent. Fred ouvrit la marche. Emma serrait le bébé contre elle. C'est Ayyä qui avait l'ours contre son cœur.

Tahiq regardait les deux guerriers. Ils mangeaient sans parler. Quand ils accrochèrent une couverture à une branche, Tahiq comprit qu'ils voulaient se protéger de la nuit d'ici qu'ils ne connaissaient pas.

Il attendit. Il ne bougeait pas plus qu'une pierre. Quand il pensa que le moment était venu, il emplit ses poumons de tout l'air possible et avança sans respirer, léger comme de la paille de mil.

Les chevaux dormaient, debout.

Il les détacha et se mit au milieu d'eux. Il prit une bride dans chaque main et marcha à petits pas. Quand il entendit un léger craquement derrière lui, il sut qu'il était repéré. Alors, sans même que sa raison ait le temps de lui parler, il sauta sur l'un des chevaux en criant des A et des O et des I ! Il partit au galop, suivi de l'autre cheval qui, poussé par les cris, imitait son frère.

Un bon quart d'heure plus tard, il descendit de son coursier épuisé. Emma l'embrassa en lui disant :

– Cette fois, on a gagné ! On a vraiment gagné !

Chapitre 10

Retour vers l'eau et le lait

Ils ne s'étaient pas reposés. Ils avaient demandé aux chevaux de résister, de garder un bon pas pendant toute la nuit et le jour suivant.

Emma une fois, Ayyä une autre fois… chacune à son tour avait porté le bébé dans ses bras. Elles avaient quand même pris le temps de le nourrir du lait de deux noix de coco volées à un arbre.

Quand ils retrouvèrent leurs chameaux sur la route de retour, ils oublièrent la fatigue !

Ils avaient contourné la faille à cheval.

– On continue sur les chevaux ou sur les chameaux ?

– Sur les chevaux, Fred. Ménageons les chameaux pour la suite. La route est longue, avant le campement.

Quand ils arrivèrent au village, pour rendre les chevaux, les femmes ne cachèrent pas leur joie en voyant le bébé. Il était sauvé et elles étaient heureuses. Une jeune mère, qui pourtant donnait son lait à deux jumelles bien noires venues au monde deux semaines plus tôt, offrit plusieurs bonnes tétées au bébé albinos.

– La couleur de la peau, ça ne compte pas beaucoup, c'est la couleur blanche du lait qui est importante et la couleur rouge du sang.

– Tu as raison, Emma. Moi je t'aime toute blanche mais je t'aimerais autant si tu étais noire, dit Fred.

– Toi, tu aimes Ayyä qui est noire ?

– Oui, beaucoup. Et toi tu aimes Tahiq ?

– Oui.

Ils dormirent leur nuit au village, après s'être rassasiés de beignets de haricots et d'une bouillie de mil, rehaussée d'une belle sauce gluante. Juste avant qu'ils ne ferment les yeux, un vieux du village entra dans la case ronde qu'on leur avait prêtée pour la nuit. Il leur dit :

– J'ai été piroguier sur le fleuve et je sais. C'est certainement Mariama, oui Mariama, la fille de Gaa, reine des dieux et de tous les esprits de l'eau du Djoliba, qui aura voulu que le bébé soit sauvé. En tout cas, ce bébé grandira sous la protection des dieux et des génies à présent.

La lumière du matin les trouva en selle, sur leurs chameaux. Emma était derrière Tahiq et elle portait le bébé au dos. De son côté, Ayyä, pour le retour, était aussi derrière… Fred qui savait maintenant mener son chameau presque aussi bien qu'un chef touareg. Ayyä portait l'ours blanc au dos.

Ils ne se pressaient pas trop. Ils étaient bien serrés l'un contre l'autre sur les hauteurs de leurs chameaux. Ils allaient sans ouvrir la bouche.

Corps à corps, ils laissaient le tam-tam parleur de leur cœur faire des confidences à l'autre. Chaque fois qu'ils arrivaient au sommet d'une dune, ils regardaient les quatre horizons comme quatre parts de bonheur qui leur étaient offertes.

Quand le sable fermait le paysage, ils n'étaient pas tristes. Ils se savaient sur la bonne piste. Ils retournaient au campement comme le vent sait retourner au ciel d'où il est venu.

Quand une force invisible les obligea à continuer, alors qu'ils allaient mettre les pieds sur le sable pour se reposer un peu, ils avancèrent encore. Bientôt Tahiq éclata de rire et dit aux autres :

– Qu'est-ce que vous sentez ?

– Rien, répondit Fred. Le sable n'a pas d'odeur, ou alors j'y suis trop habitué.

Ayyä posa un doigt sur le bout de son nez et sourit à Tahiq. Elle aussi avait senti… Le bébé toujours si sage se mit à pleurer. Il se passait vraiment quelque chose !

– Nous sommes arrivés.

– Mais je ne vois rien.

– Emma, nous sommes arrivés, je le sais parce que moi, je sens déjà les bons parfums de laitage cuisiné, et le lait frais des jeunes brebis et peut-être même l'odeur épaisse des boucs !

Peu après, ils aperçurent les arbres et les tentes. Elles avaient le dos rond comme les dunes de sable.

– Mais que se passe-t-il ?

Ils voyaient les hommes et les femmes courir dans tous les sens.

– Ils imitent des abeilles sauvages !

– C'est peut-être une nouvelle danse, suggéra Emma.

Quand le calme revint entre les arbres et les tentes, ils s'approchèrent, sans réfléchir plus. Ils étaient encore comme poussés dans le dos par la force invisible. Dans le campement, le silence se fit. Le chef vint devant les autres. Jambes un peu écartées et les deux pieds bien enfoncés dans le sable, il regardait les deux chameaux qui arrivaient.

Tahiq fit se mettre à genoux son chameau, Fred aussi. Ce fut comme si les deux bêtes saluaient l'assistance. Ils sautèrent de leur selle. Le chef, qui tout de suite avait reconnu Ayyä, ne bougea pas. Tahiq, comme un homme aguerri par la vie, osa faire deux pas en avant et, après avoir salué, parla :

– Voici le bébé blanc, le bébé albinos. Le sacrifice n'a pas réussi. On dit là-bas que ce sont les esprits des eaux et la fille et la mère du fleuve qui ont voulu qu'il en soit ainsi.

Le chef ne répondit pas.

Il regardait là-bas, au loin, deux chameaux qui arrivaient, deux chameaux montés par deux guerriers. C'étaient les deux guerriers qui avaient lancé le bébé dans le fleuve !

Devant tous les autres, les guerriers racontèrent. Quand ils virent dans les bras d'Ayyä le bébé qu'ils croyaient depuis longtemps perdu au fond de l'eau ou au fond de l'estomac d'un crocodile, ils crurent à de la sorcellerie et partirent en courant se cacher. Alors tous, hommes d'un côté et femmes de l'autre, se mirent à rire.

On entendit tout de suite des youyous lancés par toutes les mères. Alors seulement, la maman du bébé vint le chercher. Elle le serra contre son cœur et alla vers sa tente, pour certainement le nourrir, tout de suite.

Le chef ne lança que quelques paroles.

– Il dit quoi ?

Ayyä expliqua :

– L'eau vient juste de revenir, exactement quand nous sommes arrivés. C'est à peine si elle avait quelques instants d'avance. Les deux puits sont pleins et même ils débordent. Il y a un grand marigot qui est né entre les arbres.

Fred et Emma furent accueillis comme on le fait pour des parents qui vivent éloignés dans un autre désert. Ils burent beaucoup de thé, mangèrent beaucoup de dattes et se régalèrent de lait caillé bien sucré.

Le soir, réunis autour de trois lampes à huile, assis en tailleur dans le sable, ils se tinrent longtemps les mains, comme pour encercler à jamais les petites lumières dansantes. La lune qui voulait sans doute rivaliser une fois de plus avec le jaune d'un œuf de pintade les éclairait aussi. Ayyä retira une des boucles qui se balançaient à ses oreilles et la mit a l'oreille d'Emma.

– Je te l'offre. Tu es ma sœur à présent.

Chapitre 11

Plongeon
dans le marigot

Le campement avait retrouvé sa vraie vie. Pour l'instant, ceux qui élevaient du bétail étaient heureux, ils allaient de nouveau pouvoir faire boire leurs bêtes deux fois par jour. Ils allaient pouvoir aussi mesurer le temps qui passe en regardant pousser les jeunes jujubiers, les tamariniers et aussi les palmiers bien hauts qui signalaient à toutes les dunes alentour la présence de l'oasis.

Ceux qui avaient l'habitude d'aller et venir en caravane s'apprêtaient déjà à partir au loin du côté des coupeurs de sel, acheter de quoi charger leurs chameaux avant de revenir et vendre le sel de ce côté-ci, comme l'avaient fait leurs pères et les pères de leurs pères.

– Emma, qu'est-ce qu'on va devenir ? Et nos parents ? Ils doivent pleurer depuis des jours et des jours !

– C'est seulement maintenant que tu y penses ?

– Non, tu sais bien que comme toi je n'ai pas cessé d'y penser. Ils doivent être tellement tristes.

– Non.

– Non ?

– Non, ils ne sont pas tristes. Si on est vraiment en 1927, ils ne sont pas encore nés !

– Tu crois ça ?

– Bien sûr que je crois ça. C'est mon arrière-grand-père et mon arrière-grand-mère qui sont nés vers 1927 !

Fred réfléchit un peu. Emma avait raison, en 1927, leurs parents n'étaient pas encore nés, mais…

– Emma…

– Oui ?

– Si nos parents ne sont pas encore nés, comment se fait-il que nous, nous soyons nés ?

– C'est comme ça. La vie est pleine de mystères et puis, nous sommes passés dans le labyrinthe, nous sommes tombés de l'autre côté des manèges… Nous sommes de l'autre côté de nous-mêmes, c'est normal que tout soit à l'envers.

– Peut-être qu'on est devenus les grands-parents de nos parents.

– Peut-être.

Ils furent interrompus dans leurs réflexions par Ayyä et Tahiq.

– Fred, je t'ai appris à nager dans le sable, à dos de chameau. Alors à ton tour de m'apprendre à nager, mais dans l'eau. Allons au marigot !

L'eau n'avait pas baissé d'un seul centimètre. Les puits continuaient à être très généreux et l'oasis sans doute allait grandir.

– On n'a pas de maillot pour se baigner et on ne peut pas se baigner tout nus… On risquerait des coups de soleil mortels ici.

– On peut plonger tout habillé, comme tu l'as fait dans le Djoliba. On séchera vite…

– On peut… d'accord.

Fred regarda ses amis et décida :

– Emma et moi, on plonge et on nage. Toi et Ayyä, vous allez tout d'abord nous regarder, pour apprendre.

Emma confia son ours à Ayyä et elle n'enleva que ses chaussures. Fred fit de même.

– J'espère que tu vas leur faire une belle démonstration, Emma, pour qu'ils apprennent vite.

– Oui, ce sera facile. Cette eau est lisse comme un miroir. On compte trois ?

– Oui, on compte.

Ils tournèrent la tête pour voir Ayyä et Tàhiq.

– 1, 2, 3 !

Ils plongèrent exactement ensemble. La surface lisse de l'eau s'ouvrit pour eux et ils s'enfoncèrent et s'enfoncèrent sans pouvoir même tenter un coup de reins pour revenir à la surface. Leur corps leur échappait. C'était leur corps, ils le savaient, mais ils ne pouvaient plus le commander. La seule chose qu'ils réussirent à faire, ce fut de se prendre la main.

Au bord du marigot, Ayyä et Tahiq avaient admiré le courage de leurs amis qui, tête la première, s'enfonçaient dans l'eau. Un instant, ils eurent peur parce qu'une grosse vague se leva du marigot, une vague plus haute que vingt ou cent palmiers qui auraient poussé les uns au-dessus des autres ! Mais la vague était si grande qu'elle vola par-dessus eux et partit se perdre dans le désert de sable.

Ils se retrouvèrent là, entre les deux puits pleins d'eau. Seuls. Il n'y avait plus de marigot.

– Tu as vu ça, Tahiq ?

– J'ai vu et tu as vu, mais n'en parlons à personne.

– Pourquoi ça ?

– Emma et Fred ont disparu. Ils sont partis… comme ils étaient venus sans doute.

– Tu crois ça ?

– Regarde, le campement est exactement comme avant.

– Pas tout à fait, j'ai un ours blanc…

Tahiq mit la main dans sa poche et en sortit le couteau suisse.

– Moi, j'ai ça, pour toujours.

– Oui, tu as un couteau pour toujours et moi j'ai un ours pour toujours.

Pendant ce temps, Fred et Emma avaient repris pied. Ils se tenaient toujours la main. Ils firent deux pas et sortirent du labyrinthe. C'était le soir et les manèges les uns après les autres s'arrêtaient. La fête foraine s'achevait pour cette année.

– Emma, regarde, là !

Fred désignait à Emma un homme tout de noir vêtu qui s'éloignait.

– Mais c'est l'inventeur !

– Oui, c'est celui que nous avions rencontré.

Ils coururent jusqu'à l'homme qui à présent marchait sur ses deux pieds. Il les regarda et fit une très drôle de tête. Ses yeux observèrent tous les côtés à la fois, aussi bien au nord, qu'à l'est, qu'au sud et qu'à l'ouest. Il était complètement stupéfait. Revoir là, devant lui, Fred et Emma le laissait bouche bée. L'inventeur n'en revenait pas. Mais comme c'était un inventeur…

Il se contenta de dire et de répéter en partant le plus vite possible : « Il y a souvent des erreurs de concordance de temps, oui. Il y a souvent des erreurs… »

– Fred, où sont Tahiq et Ayyä ?

– Où veux-tu qu'ils soient ? Chez eux, au pays du sable et du lait de coco, et des chameaux et du lait caillé…

– On a rêvé ou quoi ?

– On n'a pas rêvé. Regarde, j'ai autour du cou le collier que m'a offert Tahiq et toi tu as la boucle d'oreille en or pur que t'a offerte Ayyä.

– Qu'est-ce qu'on va dire en rentrant ?

– Qu'on les a gagnés à la fête !

– Mais on n'a plus de chaussures, on est pieds nus !

– On va dire que c'est un jeu… Et puis des chaussures, tu en as d'autres, toi, et moi aussi.

Épilogue

Les élèves étaient en rang, par deux. Lucette Fauvrelle, toute bronzée, tapa dans ses mains et ordonna : « Avancez ! » Fred et Emma suivirent les autres, sans rien dire.

La classe n'avait pas changé pendant les vacances et chacun retrouva sa place. Emma et Fred étaient bien sûr l'un près de l'autre.

– Ce matin, puisque nous nous retrouvons, je voudrais que chacun raconte ses vacances, annonça Lucette Fauvrelle.

– C'est parce qu'elle veut encore nous raconter ses vacances à elle qu'elle propose ça, murmura Fred à l'oreille d'Emma.

Lucette Fauvrelle, plus souriante que jamais, reprit :

– Qui commence ?

C'est Julie, la chouchoute de la maîtresse, qui proposa :

– Madame, ce serait mieux si pour commencer vous nous racontiez…

Lucette Fauvrelle ne se le fit pas dire deux fois. Elle mourait d'envie de les raconter, ses vacances ! Elle commença :

– Je suis allée cette fois dans le désert chaud d'Afrique, là où rien ne pousse sauf s'il y a une oasis. J'ai vu du sable et des pierres et j'ai vu des chameaux et…

Elle raconta jusqu'à l'heure de la récréation. Elle avait sans doute passé de belles vacances, avec des amis blancs comme neige, et elle avait mangé dans le désert des bonnes grillades de mouton et des steaks-frites et une fois des « cordon bleu », comme à la cantine !

Julie avait écouté sa maîtresse avec ses oreilles et ses yeux. Elle aussi voulait devenir un jour maîtresse. Elle aussi irait un jour dans le désert…

Après la récréation, Emma et Fred prirent les premiers la parole. Ils parlèrent des fruits jaunes du jujubier, de l'eau de coco, du lait caillé un peu sucré, des vipères cornues et des chameaux si bien décorés. Ils racontèrent les guerriers bleus du désert… et tout et tout.

À ce moment-là, Fred et Emma pensèrent très fort à Tahiq et à Ayyä. Ils eurent du mal à retenir leurs larmes.

– Mais qu'avez-vous ? Vous avez les yeux rouges tous les deux !

– Ce n'est rien, madame, le piment fait un peu mal aux yeux, mais il ne les crève pas.

TABLE DES MATIÈRES

1. Les manèges 7

2. Le labyrinthe de verre 15

3. La tempête de sable 25

4. Mais qui êtes-vous ? 33

5. Qui a volé les puits ? 41

6. La décision 51

7. Poursuite dans le désert 59

8. Au milieu du ciel 69

9. Le fleuve 79

10. Retour vers l'eau et le lait 89

11. Plongeon dans le marigot 97

Épilogue 105

Yves Pinguilly

Yves Pinguilly est né à Brest.

Il a écrit plus de quatre-vingts livres dont beaucoup ont pour cadre le continent africain. « Moi qui suis peu allé à l'école et pas du tout à la guerre, j'ai fait tous mes apprentissages enveloppé par le souffle chaud des lèvres de Mami-Wata, dans le golfe de Guinée », évoque-t-il en confidence. C'est grâce à elles qu'il continue à écrire pour tous, des livres de rêve et de contestation.

Le roman *Manèges dans le désert* lui a été commandé en 1999, conjointement par la Maison des écrivains et l'Institut Universitaire de Formation des Maîtres (IUFM) de Lyon. Les élèves-professeurs de l'IUFM et de nombreux maîtres en formation permanente pendant l'année scolaire 1999/2000 ont travaillé sur le manuscrit.

Que tous soient ici remerciés pour le bel accueil critique qu'ils ont réservé à ce texte qui, sans eux, aurait moins voyagé de l'autre côté du miroir ; texte qui serait allé moins loin, là-bas, dans ce désert sans horizon, qui permet de croire que les pays perdus pourront tous être retrouvés un jour…

Hervé Duphot

Dessiner le désert : un rêve d'illustrateur.

Dessiner le désert, c'est déjà un peu y être.

C'est dessiner la beauté : celle du sable à perte de vue, celle des hommes bleus et des femmes voilées, la grâce malhabile des chameaux.

C'est sentir ses odeurs : celle des épices, celle du thé à la menthe, celle des animaux, celle de la sueur.

C'est voir la lumière, sentir la chaleur.

C'est entendre le silence, le souffle du vent, la voix des hommes, les cris des bêtes.

Dessiner le désert, c'est dessiner la vie, c'est dessiner tout court.

N° d'éditeur : 10149340 – Dépôt légal : mars 2008
Imprimé en France par Hérissey (Évreux) – N° 107459